Coordination éditoriale : Émilie Nief
Maquette intérieure : Laure Massin

ISBN : 978-2-07-507941-9

Numéro d'édition : 310017
Loi n°49-956 du 16 juillet 1949
sur les publications destinées à la jeunesse
Dépôt légal : juin 2017
Imprimé en Espagne

Le papier de cet ouvrage est composé de fibres naturelles, renouvelables,
recyclables et fabriquées à partir de bois provenant de forêts gérées durablement.

3 histoires pour la rentrée

GALLIMARD JEUNESSE

La rentrée des animaux

Samir Senoussi • Henri Fellner

Aujourd’hui, c’est la rentrée des classes des animaux.

Le flamant rose
n’y va que d’une patte,

l’escargot
en traînant,

mais le paresseux,
c’est bizarre,
est tout content !

Le dromadaire
a un cartable...

le chameau
en a deux...

le pélican, lui,
n'en a pas besoin.

Dans la cour, on se dit bonjour.

On fait la connaissance
des maîtresses
et des maîtres.

On accroche ses affaires.

Chacun s'assoit dans la classe.

Z comme zèbre
G comme guépard
P comme paon
C comme caméléon

On apprend les lettres, les formes
et les couleurs.

On dessine, on fabrique
et on fait de la musique !

TCHIK
TCHIK
TCHIK
BOUM
BOUM
BOUM

On chante, on bricole, on réfléchit.

On fait de la gym, de la danse et des pirouettes.

On apprend à s'occuper d'une plante,
à faire des choses ensemble…

... et on écoute des histoires.

À la cantine, les repas sont un peu compliqués.

Moi, je n'aime que le poisson !
Pourrais-je avoir quelques fourmis dans mes épinards ?

Ensuite tout le monde
fait la sieste...

... sauf les lucioles !

À la récré, on saute, on court
et on fait connaissance.

Pour certains, c'est un peu plus long
de se faire des copains.

Mais tout le monde joue à chat,
à saute-mouton et au loup.

AU SECOURS!!!
BOUH! GRRR!

Maman...

À la fin de la journée,
certains commencent à trouver le temps long.

Mais la cloche sonne
et les parents viennent chercher leurs enfants.

Allez les chéris, on rentre !

Il n'y a plus personne
dans l'école des animaux.
La nuit tombe...

Tiens,
mais qui est là ?

Eh non,
petite chauve-souris,
il est trop tard,
il n'y a pas d'école du soir !
Reviens demain, au revoir...

TOUS À L'ÉCOLE DE TROTRO

Bénédicte Guettier

CE MATIN, C'EST LA RENTRÉE !

TROTRO PREND
SON PETIT DÉJEUNER.

IL FAIT SA
TOILETTE.

LE VOILÀ
TOUT HABILLÉ.

AVEC SON CARTABLE SUR LE DOS, IL EST PRÊT POUR ALLER À L'ÉCOLE.

MAIS EN CHEMIN IL S'ARRÊTE
À L'ÉCOLE DES FOURMIS.

BONJOUR,
TROTRO ! DIT
LA MAÎTRESSE FOURMI.

AUJOURD'HUI, NOUS ALLONS APPRENDRE À COMPTER.

1 2 3 4
5 6 7
8 9

PUIS TROTRO APPREND LES FORMES
À L'ÉCOLE DES ESCARGOTS.

POUR FAIRE UN TROTRO, DIT L'ESCARGOT,
IL FAUT :

4 RONDS
POUR LA TÊTE,

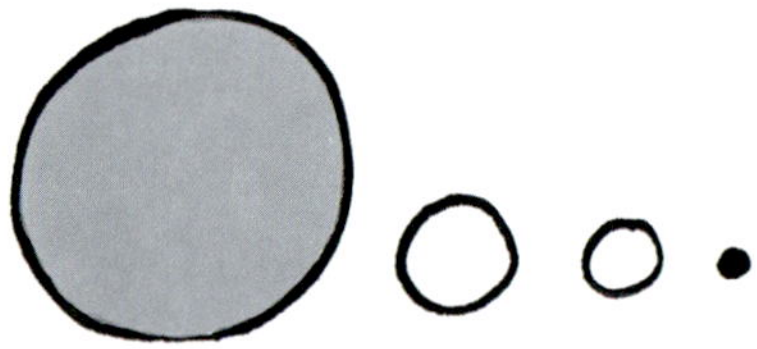

2 OVALES
POUR LES
OREILLES,

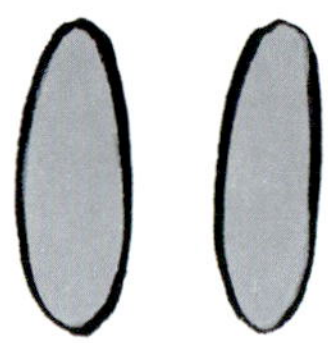

4 TRIANGLES
POUR LA CRINIÈRE,

3 CARRÉS POUR LE
CORPS ET LES MAINS,

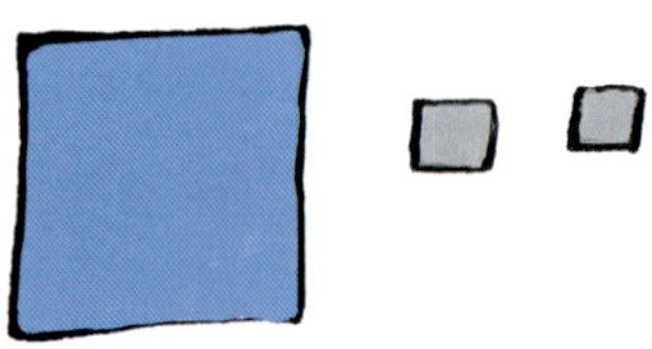

6 RECTANGLES POUR
LES BRAS, LES JAMBES
ET LES PIEDS.

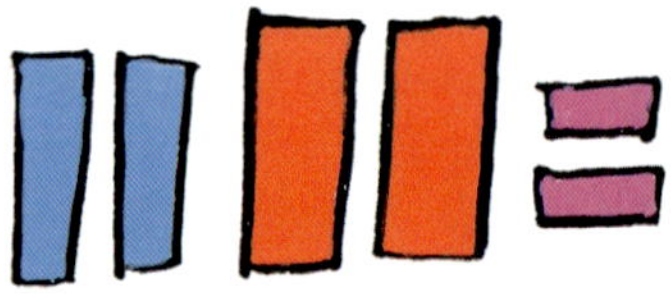

ET, POUR FAIRE UN ESCARGOT, IL FAUT :

1 ROND POUR LA COQUILLE,
1 TRIANGLE ET UN OVALE
POUR LE CORPS,

2 RECTANGLES POUR LES CORNES
ET 4 RONDS POUR LES YEUX ET
LES CORNES.

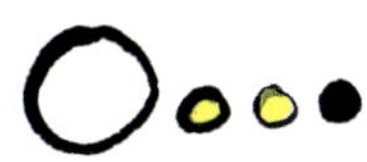

BONJOUR, TROTRO ! VIENS APPRENDRE À CHANTER À L'ÉCOLE DES OISEAUX.

DO RÉ MI FA SOL LA SI DO

À TOI, TROTRO!
DIT LA MAÎTRESSE OISEAU.

SUR SA ROUTE, TROTRO PASSE PAR L'ÉCOLE DES FLEURS ET APPREND LEURS NOMS.

MOI, JE SUIS LA TULIPE.

ET MOI, LA ROSE.

MOI, LA JACINTHE.

MOI, LE MUGUET.

MOI, L'IRIS.

MOI, LE DAHLIA.

MOI, L'ŒILLET.

MOI, LA MARGUERITE.

MOI, LE COQUELICOT.

MOI, LE PISSENLIT.

MOI, LE BOUTON-D'OR.

MOI, LE CROCUS.

LES JOLIES FLEURS ATTIRENT LES PAPILLONS.

ET, BIENTÔT, ILS ENTOURENT TOUS TROTRO.

BONJOUR, TROTRO ! DISENT-ILS.

À L'ÉCOLE DES PAPILLONS, IL APPREND
LES COULEURS ET FAIT LES PORTRAITS DE SES AMIS.

TROTRO VEUT ARRIVER TOUT PROPRE À L'ÉCOLE POUR LA RENTRÉE.

À L'ÉCOLE DES CHATS, IL APPREND À FAIRE SA TOILETTE.

PUIS, QUAND IL EST TOUT PROPRE, LES CHATS LUI MONTRENT QUELQUES POSITIONS.

COUCHÉ

ALLONGÉ

DEBOUT

ASSIS

SUR LE DOS

TROTRO, LUI AUSSI, LEUR APPREND QUELQUES POSITIONS.

DEBOUT SUR LA POINTE DES PIEDS

ACCROUPI

EN ÉQUILIBRE SUR LES MAINS

A a B b C c
G g H h I i
M m N n O o
S s T t U u
X x Y y Z z

À L'ÉCOLE DES SOURIS,
LA MAÎTRESSE DEMANDE À TROTRO
S'IL CONNAÎT L'ALPHABET.

MAINTENANT TROTRO EST UN PEU EN RETARD.
IL SE DÉPÊCHE ET REJOINT SES PETITS CAMARADES.
IL ARRIVE JUSTE À L'HEURE À SON ÉCOLE.

TOUS LES AMIS DE TROTRO SONT TRÈS CONTENTS
DE LE RETROUVER.

ET LA MAÎTRESSE TROUVE SES FLEURS BIEN BELLES.

BONJOUR, LES ENFANTS ! DIT LA MAÎTRESSE.
POUR COMMENCER...

MAIS, ELLE N'A PAS LE TEMPS DE CONTINUER, PARCE QUE TOUS LES NOUVEAUX AMIS DE TROTRO PÉNÈTRENT DANS LA CLASSE. MÊME L'ESCARGOT EST À L'HEURE.

NOUS AUSSI, NOUS VOULONS ALLER À L'ECOLE DE TROTRO! DISENT-ILS.

TROTRO EST BIEN EMBÊTÉ : IL NE SAIT PAS

A MAÎTRESSE VA ACCEPTER AUTANT DE NOUVEAUX ÉLÈVES.

QUELLE MERVEILLEUSE IDÉE POUR LA RENTRÉE ! DIT-ELLE.

JE SUIS SÛRE QUE NOUS ALLONS DÉCOUVRIR ET APPRENDRE PLEIN DE CHOSES, TOUS ENSEMBLE ! BIENVENUE À L'ÉCOLE DE TROTRO !

Je veux un ami !

Tony Ross

– Il ne veut pas jouer avec moi !
pleurnichait la petite princesse.

Il ne joue qu'à des trucs de garçon.

– Ça ne fait rien, dit la reine, tu commences l’école demain.
Tu auras des tas d’amis pour jouer.

Le lendemain, à l'école, la petite princesse
accrocha ses affaires au portemanteau…

… et alla jouer avec les autres enfants.

Zoé et Chloé sautaient à la corde.
– Nous ne voulons pas jouer avec TOI, lui dirent-elles.

Quand Agnès s'approcha, la petite princesse sourit.
– Je ne veux pas jouer avec TOI ! dit Agnès.

– Je peux jouer avec toi ? demanda la petite princesse.
– Non ! dit William en allant jouer avec Zoé, Chloé et Agnès.

La petite princesse restait là tristement, toute seule.
Alors elle vit une autre nouvelle élève, là-bas, toute seule.

– Personne ne veut jouer avec moi, dit la petite princesse.
– Ni avec moi, dit l'autre petite fille.

Il y avait des tas d'enfants qui restaient là, tout seuls.
– Personne ne veut jouer avec nous ! dit la petite princesse.
– Ni avec nous ! répondirent tous les enfants.

La petite princesse et tous les autres enfants sans ami
partagèrent leurs bonbons et leurs fruits.
– Je voudrais un ami, disaient-ils tous.

Ils jouèrent tous à chat.
– Ce serait plus drôle si nous avions quelques amis,
se disaient-ils.

Tous les enfants sans ami s'assirent ensemble
dans la classe. Quelques autres enfants sans ami
les rejoignirent.

– Ne t’en fais pas, dit la petite princesse à la nouvelle petite fille. Je n’ai pas d’ami non plus. Ce n’est pas si grave.

– Ce n’est pas si grave, dirent tous les autres.

À l'heure de la sortie, tous les enfants sans ami
s'entraidèrent pour remettre manteaux et chapeaux.

Quand la petite princesse mit son chapeau, Zoé, Chloé,
Agnès et William dirent, le souffle coupé :
– Ça alors, c'est une princesse !

La petite princesse se tourna vers tous
les autres enfants sans ami.
– Vous voulez venir goûter chez moi ? demanda-t-elle.

– Oui, si tu veux, répondirent-ils.
– On peut venir aussi ? demandèrent Zoé, Chloé, Agnès et William.

La petite princesse fronça sévèrement
les sourcils.

– D'accord, dit-elle. Venez.

– Mon Dieu ! dit la reine.
Qui sont tous ces enfants ?

– Ce sont mes amis, dit la petite princesse.

Dans la collection

Le trésor de l'heure des histoires

3 histoires
pour rire

3 histoires
de frères et sœurs

3 histoires
pour avoir peur

3 histoires
pour le soir

3 histoires
pour les vacances

3 histoires
de Noël

3 histoires
pour la rentrée

3 histoires
pour Pâques

3 histoires
de voyage

3 histoires
de petits chats

Les plus belles histoires
pour les enfants de 3 ans

Les plus belles histoires
pour les enfants de 4 ans

Les plus belles histoires
pour les enfants de 5 ans

Les plus belles histoires
pour l'école

Les plus belles histoires
du prince de Motordu

Les 30 plus belles histoires
pour les tout-petits

Les 15 plus beaux contes
pour les enfants

Le trésor de l'enfance